Dieses Buch gehört

Liebe Eltern,

mit der Weltsprache Englisch kommt Ihr Kind im Alltag häufig in Berührung. Wir wollen es beim Englischlernen unterstützen.

Unsere Bücher mit der liebenswerten Bildermaus enthalten kurze Geschichten auf Deutsch und auf Englisch mit einfachen Sätzen sowie großer und leicht lesbarer Schrift. Hauptwörter werden durch kleine Bilder ersetzt. Lesen Sie die Geschichten vor und lassen Sie Ihr Kind die Bilder selbst benennen. Auf jeder Seite finden Sie eine Bild-Wörterliste mit den einzelnen Vokabeln. Mit dem Domino-Spiel können Sie die neuen Wörter gemeinsam üben.

Spielerisch Englisch lernen mit der Bildermaus – so macht Lesen Spaß!

Have fun!

Ihre

Bildermaus

Bildermaus

Mit Bildern Englisch lernen

THiLO

Geschichten vom kleinen Seehund

Little Seal Stories

Illustriert von Dorothea Ackroyd
Übersetzt von David Ingram

Loewe

Die ersten 20 Lebensjahre verbrachte **THiLO** in der Kinderecke der elterlichen Buchhandlung. Heute lebt er mit seiner Familie in Mainz und schreibt neben seinen Romanen auch Drehbücher fürs Fernsehen. Mehr über THiLO und seine Geschichten erfahrt ihr im Internet unter www.thilos-gute-seite.de.

Dorothea Ackroyd, geboren 1960 in Herford, studierte an der FH Bielefeld Kommunikationsdesign. Seit 1990 ist sie als freischaffende Illustratorin tätig und hat seitdem mehr als 120 Bücher veröffentlicht, die zum Teil in 11 Sprachen übersetzt wurden. Sie lebt mit ihrer Familie auf der Sonnenseite des Teutoburger Waldes.

FSC
www.fsc.org
MIX
Papier aus verantwortungsvollen Quellen
FSC® C109273

ISBN 978-3-7432-0704-2
1. Auflage 2020
Überarbeitete Neuausgabe des Titels *Geschichten vom Seehund Matti*

Ins Englische übersetzt von David Ingram
Umschlag- und Innenillustrationen: Dorothea Ackroyd
Umschlaggestaltung: Kathrin Tobian
Vignetten Bildermaus: Angelika Stubner
Reihenlogo: nach einem Entwurf von Angelika Stubner
Printed in the EU

www.loewe-verlag.de
www.bildermaus.de

Inhalt

Ein harter Winter

Matti und Finja liegen dicht

nebeneinander auf der  .

Auch alle anderen  sind

hier. Auf dem kalten 

schwimmt dickes  .

A Harsh Winter

Matti and Finja are lying beside each other on the . All the other  are here as well. Thick 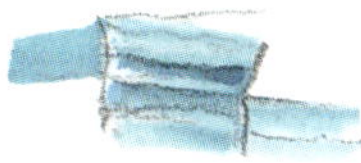 is floating on top of the cold .

 ice floe

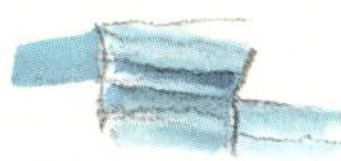 ice

 seals

 water

Mattis  knurrt. „Wann gibt es

endlich wieder  ?“ Sein Vater

stöhnt. „Das 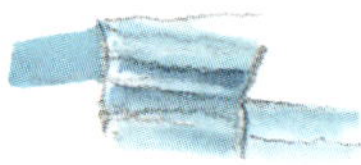 ist zu dick. Wir

können kein  hineinbohren.

Und von selbst kommen die 

nicht auf das  gesprungen.“

Matti's  is rumbling. "When are we finally going to eat  again?"

His father sighs. "The 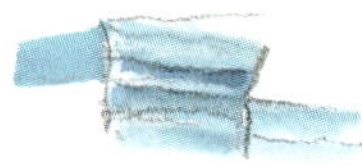 is too thick. We can't make a  in it. And the  aren't going to jump out onto the 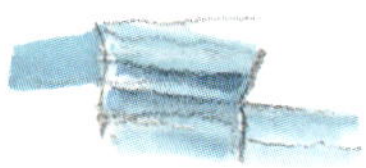 by themselves."

 tummy

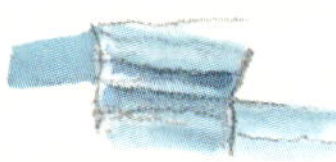 ice

 fish

 hole

Finja stupst den kleinen  an.

„Mach nicht so ein trauriges “,

ermuntert sie Matti. „Lass uns doch

zur im gehen und 

spielen!“ Matti nickt müde.

Finja nudges the little . "Don't put on such a sad 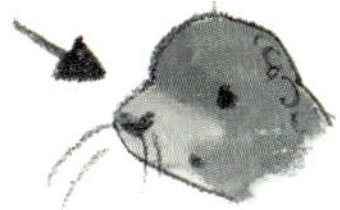," she says, trying to cheer Matti up. "Let's go to the  in the  and play !" Matti nods wearily.

 seal

 iceberg

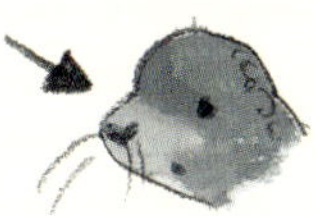 face

 ghost

 cave

Weil das  gefroren ist, können

sie auf ihren  zum 

rutschen. Aber die  des 

liegt auch unter dem dicken !

So kommen sie nicht hinein.

Because the  is frozen, they can slide over to the  on their . But the  in the  is also covered by the thick 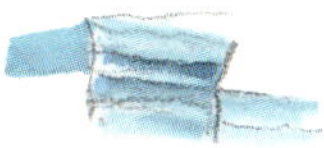! So they can't get inside.

 water

 cave

 iceberg

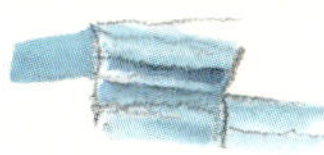 ice

 tummies

„Dann spielen wir eben !“,

ruft Finja lachend. „Du musst mich

fangen!“ Schon watschelt sie auf

ihren  los. So schnell wie

ein  flitzt Matti hinter ihr her.

“Then let’s play !” says Finja, laughing. “You can’t catch me!” She waddles away on her . Matti chases after her, as fast as .

 polar bear

 lightning

 flippers

„Hab dich!“, ruft der kleine .

Er klatscht ihr mit seiner  auf

den  und Finja fällt in einen

großen  aus . „Aua!“, ruft

sie verdutzt. „Da ist was im !“

"Got you!" cries the little .

He pats her on the  with

his  and Finja falls into a

big  of 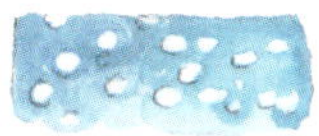. "Ouch!"

she cries in surprise. "There's

something in the !"

 seal

 mountain

 back

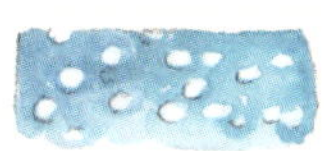 snow

 flipper

Gespannt graben die beiden mit

ihren  im . Vielleicht ist

dort ein kostbarer  versteckt?

Mit wertvollen ? Oder mit

bunten ?

The two of them start digging excitedly in the  with their . Maybe there's some precious  hidden there? With valuable ? Or with colourful ?

 snow

 coins

 flippers

 gemstones

 treasure

Da zieht Finja mit ihrem 

ein  aus dem . Und

darin sind … drei bunte !

„Das ist ja gar kein “, murmelt

Matti enttäuscht.

Then Finja uses her  to pull a  out of the 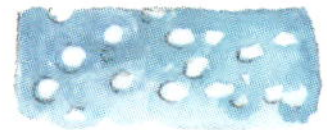. And inside it, there are … three colourful ! "It's not a  at all," murmurs Matti, disappointed.

	mouth		balls
	net		treasure
	snow		

Finja schüttelt den 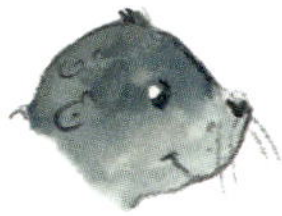. „Nein, viel besser!“ Sie wühlt mit ihrer  im  und stupst die  aufs 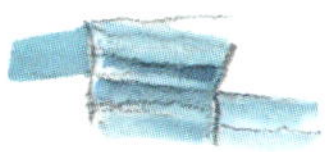. „Jetzt ist uns  wenigstens nicht mehr langweilig!“

Finja shakes her 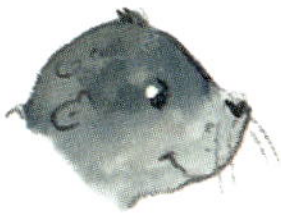. "No, it's much better than that!" She wiggles her  around inside the 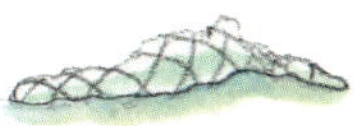 and nudges the  onto the . "We  won't be bored any more now!"

	head		balls
	snout	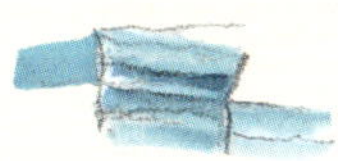	ice
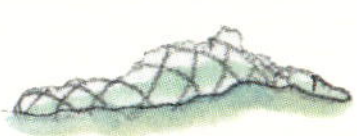	net		seals

Noch mehr Hunger

Matti ist schrecklich hungrig. Der

kleine  hat schon lange

nichts mehr gegessen. Das 

über dem  ist einfach zu dick.

Even Hungrier

Matti is terribly hungry. The little  hasn't had anything to eat for a long time now. The  above the  is simply too thick.

 seal

 water

 ice

Aber seit Finja und er das 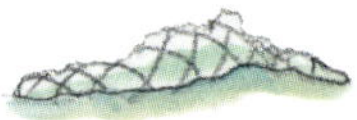

mit den  im 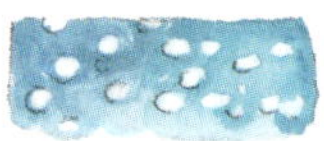 gefunden

haben, kann er sich gut ablenken.

But since he and Finja found

the  with the  in

the 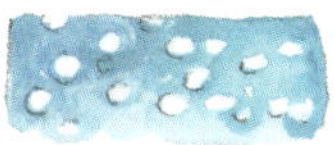, he's been happily

distracted.

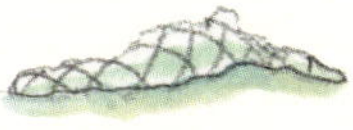 net

 snow

 balls

Sowie es hell ist, spielen die 

mit den bunten . Nur Mattis

Vater Björn macht nicht mit. Er ist

so sauer wie eine .

As soon as it gets light, the  play with the colourful . It's only Matti's father Björn, who doesn't join in. He is very angry.

 seals

 balls

„Ich spiele nicht mit einem !

Davon springen die 

doch auch nicht auf das 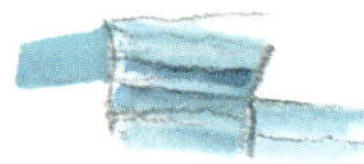!“

Grummelnd verkriecht sich der

große  hinter den  und

schmollt.

“I’m not playing with a !

That’s not going to get the  to

jump onto the !” Grumbling,

the big  crawls away behind

the  and sulks.

 ball

 seal

 fish

 iceberg

 ice

Finja stupst Matti einen roten 

zu. Matti stoppt ihn mit der 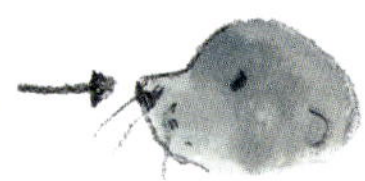.

Auf seinem  dreht sich schon

ein grüner . „Damit können wir

im  auftreten!“, jubelt Finja.

Finja nudges a red  to Matti.

Matti stops it with his 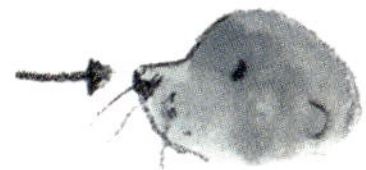.

He is already spinning a green 

on his . “We could perform

at the !” laughs Finja.

	ball		tail
	snout		circus

Plötzlich wackelt das 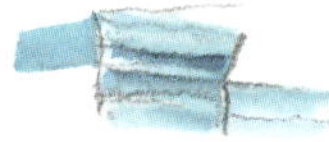 unter

Mattis . Was ist das? Ein

riesiges  fährt durch das .

Auf dem  stehen 

mit  und dicken .

Suddenly, the  under

Matti's  begins to wobble.

What's that? A huge  is

moving through the 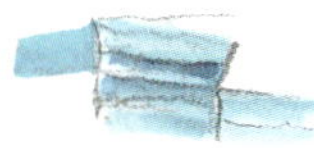.

 with  and thick 

are standing on the .

	ice		people
	tummy		caps
	ship		jackets

Als die  Matti mit den 

sehen, klatschen sie in die 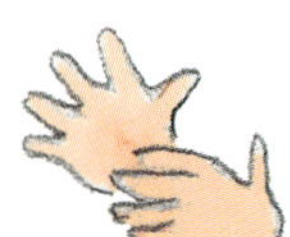.

Der kleine  freut sich.

Er jongliert wie ein .

When the  see Matti with the , they clap their 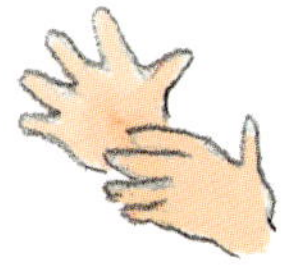. The little  is happy. He starts to juggle like a .

 people

 balls

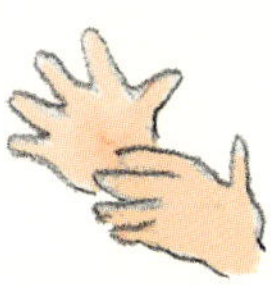 hands

 seal

 clown

„Bravo, bravo!“, rufen die .

Dann kippen sie ein  voller 

auf das . Da lässt Matti die 

los. „Papa!“, ruft er. „Es gibt !“

So schnell sie können, watscheln

die  herbei.

"Bravo, bravo!" the  shout. Then they empty a  full of  onto the . Now Matti lets go of the . "Daddy!" he shouts. "There are !" The  all waddle over as fast as they can.

 people	 ice
 barrel	 balls
 fish	 seals

Bald sind alle  voll. „Siehst du“, erklärt Matti seinem Vater. „Die  springen doch aufs , wenn man  spielt!“ Finja und die anderen  lachen. Und Björn lacht mit.

Soon all their  are full. “You see?” Matti explains to his father. “The  really do jump onto the  when we play !”

Finja and the other  laugh. And Björn laughs along with them.

 tummies

 ball

 fish

 seals

 ice

Die Wörter zu den Bildern:

 Eisscholle

 Seehunde

 Wasser

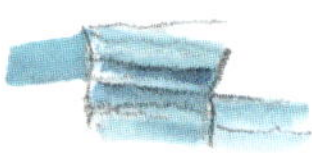 Eis

 Bauch

 Fische

 Loch

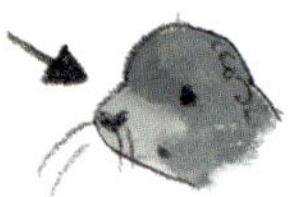 Gesicht

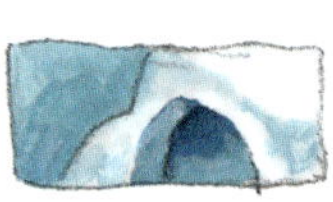 Höhle

 Eisberg

 Gespenst

 Eisbär

 Flossen

 Blitz

 Rücken

 Berg

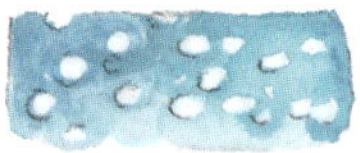 Schnee

 Schatz

Münzen

Edelsteine

Maul

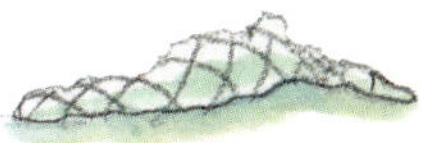

Netz

Bälle

Kopf

Schnauze

Zitrone

Schwanz

Zirkus

Schiff

Menschen

Mützen

Jacken

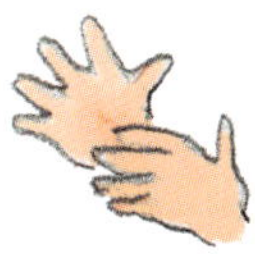

Hände

Clown

Fass